Gott wird dir seine Engel schicken,
um dich zu beschützen,
wohin du auch gehst.

Psalm 91,11

Für

. . . .

Von

. . . .

Petra Hahn-Lütjen (Hrsg.)

WEIHNACHTS HOFFNUNGS GESCHICHTEN

BRUNNEN
Verlag GmbH · Giessen

Weitere Geschichtenbücher von Petra Hahn-Lütjen im BRUNNEN Verlag:

24+2 Weihnachts*LichtGeschichten*,
gebunden und als Hörbuch, Gießen 2021
Weihnachts*Gruß*Geschichten, Gießen 2016
Weihnachts*Schmuck*Geschichten, Gießen 2. Aufl. 2012
Kleine *Glücks*Geschichten, gebunden, Gießen 2018
*DankeSchön*Geschichten, Gießen 2. Aufl. 2020
*Geburtstags*Geschichten, Gießen 2018
*RosenBlüten*Geschichten, Gießen 2020

FSC® www.fsc.org
MIX
Papier aus verantwortungsvollen Quellen
FSC® C083411

Konzept: Petra Hahn-Lütjen
Lektorat: Stefan Loß
Umschlagmotiv: Adobe Stock
Umschlaggestaltung: Daniela Sprenger
Satz: DTP Brunnen
Druck: CPI books GmbH
Gedruckt in Deutschland
ISBN 978-3-7655-0767-0

www.brunnen-verlag.de

INHALT

Katrin Faludi

PAKET FÜR SIE! 7

Cordula Lindörfer

„DE HERR IS MIEN STÜERMANN" 12

Karl-Heinz Becker

DAS FRÖHLICHE WARTEZIMMER 17

Rebecca Dernelle-Fischer

DER KLEINE JUNGE IN MIR 22

Christoph Zehendner

RETTUNG AM WEIHNACHTSABEND 27

Albrecht Gralle

WEIHNACHTSMAHL 32

Mathias Jeschke
GUNDULA 37

Uwe Heimowski
DAS MEER IN DER MUSCHEL 43

Andreas Malessa
ES IST ZUM VERRÜCKTWERDEN 47

Brigitte Rath
DER KLEINE ESEL 52

Das Lukasevangelium
DIE GEBURT JESU 58

ANMERKUNGEN 61

Katrin Faludi

PAKET FÜR SIE!

Darauf war ich nicht vorbereitet. Ich verheddere mich in meiner Jogginghose, als es klingelt. Auf dem linken Bein zur Tür hüpfend versuche ich, das rechte in das richtige Hosenbein zu wurschteln. Eigentlich hätte ich es wissen müssen. Der Grinsefuchs klingelt immer um halb zehn. Eine Viertelstunde später kommt meist der Bärtige. Gegen elf der dünne Gehetzte und gegen zehn nach elf derjenige, der keine Umlaute beherrscht und immer was „fur die Nachbar“ abgibt.

An den meisten Tagen klingelt nur einer von ihnen, aber es kommt auch vor, dass nacheinander alle vier vor meiner Tür stehen und etwas abgeben. Wird halt viel bestellt in diesen Tagen. Dass die im Erdgeschoss rechts (also ich) seit Monaten im Homeoffice sitzt und immer da ist, hatten die Jungs von den Zustelldiensten im Handumdrehen raus.

Mit einem Ruck ziehe ich die Hose hoch und die Tür auf.

„Paket für Sie!“

Eine Box von der Größe eines Schuhkartons schießt auf mich zu und landet in meinen Armen. Sie ist überraschend leicht.

„Für mich?“

Der Grinsefuchs grinst. „Ja, heute mal für Sie.“

„Aber ich bestelle doch nie etwas.“

„Dann wird's wohl ein Geschenk sein. Ist ja bald Weihnachten.“

Er verabschiedet sich, ich lasse die Tür ins Schloss fallen und trage das federleichte Paket ins Wohnzimmer, wo ich es auf den Tisch stelle und in Augenschein nehme. Der Karton ist kartonfarben und außer meiner Adresse steht nichts darauf. Kein Firmenlogo. Für ein Geschenk zu schmucklos. Ich hole eine Schere, ratsche den Karton auf und atme einen Schwall nach Pappe riechender Luft ein. Sonst nichts. Die Box ist leer.

„Das habe ich wirklich nicht bestellt“, murmele ich.

Seit ich nur noch zu Hause sitze und kaum noch andere Menschen sehe, führe ich vermehrt Selbstgespräche. Nach mehreren Monaten einsamer Eskalation kann ich mich sogar mit mir selber streiten.

Ich fühle mich veralbert. Wer schickt mir denn bitte einen Karton voll Luft? Das ist doch idiotisch! Ich pfeffere den Karton in die nächste Ecke, setze mich an den PC und fange endlich an zu arbeiten.

Am nächsten Tag, Punkt halb zehn, klingelt es wieder. Ich wische mir schnell über den Mund, hoffe, dass ich nicht noch einen Rest Nutella am Kinn kleben habe, und öffne die Tür.

„Paket für Sie!“

Mit Schwung landet erneut ein federleichter Karton in meinen Armen.

„Der Karton gestern war leer“, brumme ich.

Der Grinsefuchs grinst nicht, er lacht. „Ich versichere Ihnen: Niemand verschickt leere Kartons! Ich schleppe das Zeug immer, ich muss das wissen.“

Ich schüttele mein Paket. „Dieses ist leer!“

„Schauen Sie doch einfach in Ruhe nach“, empfiehlt er. „Wiedersehen. Und guten Appetit noch!“

Natürlich ist das Paket wieder leer. Ich schleudere es quer durchs Zimmer, zu dem Karton von gestern.

Eine Woche vergeht. Jeden Tag klingelt der Grinsefuchs und bringt mir ein leeres Paket. Jeden Tag öffne ich einen Karton und hoffe, dass sich doch etwas darin befindet, was diese merkwürdigen Sendungen erklärt. Doch jeden Tag werde ich enttäuscht. Und jeden Tag feuere ich den Karton ein bisschen wütender in die Zimmerecke. Dort hat sich inzwischen ein ansehnlicher Stapel gebildet.

Eigentlich wollte ich die Ecke dieses Jahr leer lassen. Normalerweise würde dort ein Weihnachtsbaum stehen. Normalerweise würde ich heute, am Morgen des 24., in den Keller gehen und die Kiste mit dem Weihnachtsschmuck heraufholen, um den Baum zu schmücken. Dieses Jahr spare ich mir die Mühe, denn es gibt niemanden, mit dem ich feiern könnte. Eigentlich hätte Mutter heute kommen sollen. Sie hätte sich über einen hübschen Baum gefreut, mit echten Glaskugeln und nicht nur diesen Plastikdingern, die sie bei ihr im Pflegeheim immer an die dürren Äste hängen. Aber Mutter wird nicht kommen.

Vorigen Monat ist bei ihr im Heim das Virus ausgebrochen. Außer ihr sind noch vier weitere Bewohner gestorben.

Weihnachten fällt für mich deshalb aus. Es gibt nichts zu feiern.

Ich betrachte den hässlichen Haufen leerer Kartons in der Ecke, wo sonst immer der Weihnachtsbaum steht. Die letzten beiden habe ich schon gar nicht mehr geöffnet. War doch klar, dass auch sie leer sein würden.

Es ist Punkt halb zehn, als es klingelt. Im Bademantel schlurfe ich zur Tür und öffne.

„Paket für Sie!"

Ich habe große Lust, das Paket in das ewig grinsende Gesicht zu schleudern und die Tür zuzuknallen.

„Heute machen Sie den Karton aber auf, ja?"

„Der ist leer. Wie alle anderen davor auch", erwidere ich müde.

„Keiner der Kartons war leer", beharrt der Grinsefuchs. „Vergessen Sie nicht: Ich liefere keine leeren Pakete aus."

„Sind Sie das, der mich die ganze Woche über zum Narren gehalten hat?"

„Machen Sie das Paket auf", sagt er nun ganz ernsthaft.

Ich knalle die Tür zu, das Paket auf den Tisch und hacke mit der Schere wütend in das Klebeband über dem Deckel. Ich reiße den Karton auf. Er ist leer. Schreiend feuere ich ihn auf den Haufen zu den anderen. Ich bin kurz davor, nach einem Feuerzeug zu kramen. Da klingelt es erneut.

Auf der Fußmatte liegt ein Umschlag und darin befindet sich eine Karte.

„Wo Leere ist, ist Raum. Wo Raum ist, ist Platz für Hoffnung. Jeden Tag habe ich Ihnen geliefert, was Sie aufgegeben haben. Hoffnung. Hoffnung, dass doch noch etwas kommt. Diese Hoffnung wird heute erfüllt. Der Retter ist gekommen. Geben Sie ihm Raum.

Frohe Weihnachten."

Cordula Lindörfer

„De Herr is mien Stüermann“

„Darauf war ich nicht vorbereitet.“ Marie lässt mutlos den Kopf sinken. Wieder Lockdown. Und das an Weihnachten. Alles zu. Erneut. Keine Ausnahme für ihr kleines Restaurant. Und das, obwohl sie in der Weihnachtszeit ihren größten Umsatz hat. Es hat sich herumgesprochen, dass man bei „Marike“ die gemütlichsten Weihnachtsfeiern veranstalten kann. Die Klöße wie bei Muttern, der Glühwein selbst gemacht, und im Anschluss kann man unter Anleitung beim Glasbläsermeister ihres Vertrauens eine eigene Weihnachtskugel herstellen. Ein Thüringer Weihnachtsabend wie im Märchen.

Ihr Reservierungsbuch ist immer ein Jahr im Voraus gefüllt. Alle aus der Familie müssen mithelfen. Selbst ihr Vater Henning, der immer noch so tut, als würde ihm hier alles fremd sein, so fern von der Küste, packt mit an.

Weihnachten ist die stressigste Zeit für sie. Aber auch die schönste. Denn als der Glasbläsermeister ihres

Vertrauens sie zum ersten Mal in den Thüringer Winterwald entführt und sie Weihnachten im Schnee, mit Klößen und Glaskugeln verbracht hat, ist ihre Geschäftsidee geboren. Ein Restaurant, das das alles vereint: Thüringer Tradition, Romantik und richtig gute Hausmannskost.

Sie hat alles aufgegeben im Norden für den Glasbläsermeister und diese Geschäftsidee. Und es nie bereut. Seit 30 Jahren läuft das Restaurant. Die Anfangsjahre waren schwierig. Keiner wusste genau, was passiert, so direkt nach der Wende. Und nicht jeder war ihr wohlgesinnt in dem kleinen Dorf im Thüringer Wald. „Ein Fischkopf, der Thüringer Klöße serviert? Unmöglich!"

Doch Gegenwind kennt man im Norden. Davon lässt man sich nicht unterkriegen. Sie hat sich durchgeboxt. Ist innovativ geblieben. Hat gute Arbeit geleistet. Inzwischen essen selbst die Dorfbewohner gern bei ihr. Ihr Leben steckt in diesem Restaurant. Und nun das.

Der erste Lockdown im Frühling war schon hart. Kurz zuvor hatte sie in eine neue Küche investiert. Die alte war in die Jahre gekommen. Geld war vorhanden. Das Reservierungsbuch gut gefüllt.

Doch dann: Ostern ohne den traditionellen Osterbrunch. Keine Bratwürste für die Wanderer. Einfach nur zu. Marie wurde nervös. Jeder Tag Lockdown war ein Minusgeschäft. Die Miete lief weiter, die Gäste mussten fernbleiben.

Marie ist nicht gut im Abwarten. Sie ist eine Macherin. Sie nimmt ihr Schicksal am liebsten selbst in die Hand. Dieses verordnete Stillhalten ließ sie verrückt werden.

„Kummt allens so, as dat kamen mutt“, versuchte Vadder Henning sie zu beruhigen.

„Lass mich bloß in Ruhe mit deinen plattdütschen Sprüchen“, herrschte sie ihn an.

„Egal, was kommt, es wird gut, sowieso. Immer geht ‚ne neue Tür auf, irgendwo“, summte der Glasbläsermeister ihres Vertrauens. „Fang du nicht auch noch an“, antwortete Marie genervt.

Doch sie hatten recht behalten, ihre Männer. Es ging wieder aufwärts. Plexiglasscheiben wurden angebracht, literweise Desinfektionsmittel gekauft, innen weniger Tische, die Außenterrasse erweitert, und die Gäste durften wieder kommen. Und sie kamen und aßen Klöße und Bratwürste, und Marie konnte wieder hoffen.

Und nun das. Wieder Lockdown. Wer weiß, wie lange. Trotz ausführlichem Hygienekonzept. Wieder „von oben“ verordneter Stillstand. Abwarten. Wieder rinnt das Geld durch die Finger, und Marie kann nichts tun, um es aufzuhalten. Ihr Lebenswerk steht auf dem Spiel. Und sie soll hier untätig rumsitzen?

„Wir feiern jetzt Weihnachten“, beschließt der beste aller Glasbläser, „so richtig, nur wir als Familie. Du machst die Klöße. Ich die Glocken und Kugeln. Und Henning schlägt den Tannenbaum.“

„Wat mutt, dat mutt“, knurrt Vadder Henning und schnappt sich die Axt.

„Wie kann man nur in Feierstimmung sein?“, wundert sich Marie und beginnt, die Kartoffeln zu reiben.

Und so sitzen sie dann alle zusammen. Essen Klöße und Rotkraut, trinken ihren selbstgemachten Glühwein und bestaunen den wunderschön verzierten Weihnachtsbaum. Doch bei Marie will sich keine Weihnachtsstimmung einstellen. Sie bleibt unruhig, obwohl es das ruhigste Weihnachtsfest seit 30 Jahren ist. Und als dann ihr Glasbläser ganz verzückt vom festlich geschmückten Weihnachtsbaum zu singen beginnt, von eben diesem Baume, an dem die Lichter brennen, als ein stilles Bild der Hoffnung, da platzt ihr der Kragen: „Welche Hoffnung denn? Worauf kann man in dieser elenden Situation noch hoffen? Mir sind die Hände gebunden. Da gibt es keine Hoffnung, wenn man nichts tun kann, um sich selbst zu helfen."

Es herrscht Stille nach ihrem Ausbruch. Marie setzt sich wieder, nachdem sie voller Eifer durch die Weihnachtsstube gestampft ist. Und beginnt zu weinen.

„Ach Marie." Der Glasbläsermeister nimmt sie in den Arm. „Die Hoffnung hängt doch nicht von dir ab. Das ist doch keine Hoffnung, wenn du dir selbst helfen kannst. Hoffnung ist, wenn du glauben kannst, dass wieder bessere Zeiten kommen. Auch wenn man keine Ahnung hat, wie das gehen soll."

„Woher soll ich denn bitte diesen Glauben nehmen?", fragt Marie bitter.

„Ick sech immer", mischt sich Vadder Hernning ein: „De Herr is mien Stüermann./ Ick ward nienich in Seenot kamen./He lärd mi dörch Wind un Wedder."

Da muss Marie plötzlich anfangen zu lachen. „Aber Vadder, wir sind doch gar nicht mehr an der See!"

„Schieteegal", antwortet Henning und tätschelt ihr unbeholfen die Schulter.

Und da verändert sich etwas in Maries Herzen. Da ist er plötzlich, dieser Hoffnungsfunke. Die Aussicht bleibt dunkel. Ihr Lebenswerk ist in Gefahr. Aber schieteegal – wenn es da einen Steuermann gibt, der sie durch diesen Sturm begleitet. Ob er sich bewährt, wird sich zeigen. Aber für heute Abend, für Heiligabend, kann sie es plötzlich glauben.

Karl-Heinz Becker

DAS FRÖHLICHE WARTEZIMMER

„Darauf war ich nicht vorbereitet, dass es so ... voll ist ...“, stöhnte Jasmin Bernhard leise gegenüber der Sprechstundenhilfe auf, nachdem sie mit ihrer kleinen Tochter Mia die Praxis betreten hatte. „Ich wollte nur kurz zum Doktor reinschauen.“

Die Mitarbeiterin sah sie freundlich an: „Nur Geduld, Frau Bernhard, die Kälte draußen macht einigen zu schaffen, und so kurz vor dem Fest ...“

„Ja, kalt, Mama“, krähte die vierjährige Mia dazwischen, „ ... und viel Schnee.“

„Das gefällt dir wohl im Schnee, meine Kleine.“

Jasmin beugte sich zu ihrer strahlenden Tochter hinunter und liebkoste sie. „Nachher kannst du wieder raus. Jetzt zieht Mama dir erst mal den Schneeanzug aus, weil wir auf den Doktor warten müssen.“

Dann betrat sie mit Mia an der Hand und einem freundlichen „Guten Morgen“ auf den Lippen das Wartezimmer.

Zehn Personen bevölkerten den Raum. Die meisten spielten mit ihren Handys, einige lasen und zwei schauten müde in die Luft. Ein Stuhl war noch frei. Jasmin Bernhard setzte sich und nahm ihre Tochter auf den Schoß. „Buch anschaun", krähte Mia fröhlich. Dann griff sie in die Tasche ihrer Mutter und zog einen kartonierten Band hervor. „O ja, ‚Jesus ist geboren'", rief sie und klappte das Buch auf.

Einige der Wartenden schauten kurz hoch, neigten dann aber wieder ihre Köpfe.

Begeistert blätterte das Kind im Buch. „Mama, warum hat das Jesusbaby kein Bett?" Wieder schauten einige auf. „Nun", antwortete ihre Mama, „seine Eltern waren arm. Und sie waren auf einer Reise. Damals gab es noch nicht so viele Hotels wie heute. Da haben sie in einem Stall gewohnt und das Kind in einen Futtertrog gelegt."

„Was ist ein Futtertrog?"

Jasmin Bernhard lächelte. „Das ist eine große Holzschüssel, aus der die Tiere fressen. Man sagt auch Krippe dazu, das Wort kennst du ja."

Mia nickte und einige Patienten schmunzelten.

Verärgert hingegen blickte ein älterer Herr über den Rand seiner Zeitung hinweg auf Mutter und Kind. Er fühlte sich erkennbar gestört, während eine ältere Dame neben ihm gutmütig auf Mia und ihre Mama schaute.

Das Mädchen blätterte weiter in dem Buch. „Haben die Tiere denn das Baby nicht aufgefressen?"

Die Mutter lachte. „Nein, die bekamen ihr Futter an einem anderen Platz. Die Krippe war nur für das Baby da."

Mias Wissensdurst war aber bei Weitem noch nicht gestillt. „Warum sind da diese Männer mit den großen Stöcken?"

„Das sind Hirten, Schatz. Die kennst du doch."

„Hmhm", nickte Mia. „Die passen auf Tiere auf. Auch im Stall?"

Jasmin Bernhard und die ältere Dame sahen sich kurz an und lächelten. Auch zwei andere Patienten schienen nun interessiert zu lauschen.

Nur der Mann mit der Zeitung blickte erneut genervt auf.

Sanft fuhr Jasmin Bernhard ihrer Tochter über das Haar. „Nein, die Hirten haben ihre Tiere draußen auf der Weide. Sie sind gekommen, um das Jesuskind zu sehen."

„Müssen die auf Jesus aufpassen?", fragte Mia.

„Ist die süß, Ihre Kleine!", rief die ältere Dame spontan.

Fasste sich dann aber an den Mund und sagte nur „Entschuldigung".

„Danke, das ist nett von Ihnen", antwortete Jasmin Bernhard und schaute die Frau freundlich an. „Wir sind auch glücklich, dass wir sie haben."

Dann neigte die Mutter sich wieder Mia und dem Buch zu. „Nein, die Hirten müssen nicht aufpassen. Sie freuen sich einfach ganz doll über die Geburt des Kindes."

„Ist das Jesuskind ein liebes Baby?"

Mias Mutter lachte auf. „Ich denke, schon", meinte sie fröhlich. „Sicher so lieb wie alle Babys." Eine Weile war Mia still.

Dann bewegte sie erneut etwas: „Und warum sitzen die Männer auf den Knien?"

„Die beten." „So wie wir, Mama?"

„Auch", entgegnete ihre Mutter nun schon mit ein wenig Atemnot.

„Warum sitzen wir dann nicht auf den Knien?"

Einen kurzen Moment schien es Jasmin Bernhard die Sprache zu verschlagen. Dann strahlte sie ihre Tochter an: „Das sollten wir vielleicht häufiger tun, um Gott die Ehre zu erweisen."

Inzwischen schien das ganze Wartezimmer dem Gespräch zu lauschen.

Nur der Herr mit der Zeitung war aufgesprungen, legte das Blatt geräuschvoll zusammen und verließ den Raum. Einige schauten ihm betreten nach.

„Wurde aber auch Zeit", flüsterte die ältere Dame ihrem Nachbarn, einem jungen Mann, zu. Während eine Patientin aufgerufen wurde, fragte die Kleine weiter. „Warum beten die Hirtenmänner denn? Woll'n die schlafen gehen?"

Beglückt schaute die ältere Dame auf Mia. Die letzten Handys wurden weggesteckt.

„Nein, wir beten doch auch nicht nur vor dem Schlafengehen", ging ihre Mutter auf die Frage ein.

„Stimmt, auch beim Essen."

„Richtig, und wo noch?"

Mia dachte nach. „Im, im ... Kindergottesdienst!", rief sie strahlend.

„Siehst du, Schatz. Und dort sagt ihr zu Gott auch Danke, weil er uns lieb hat."

Noch aber war Mias Fragestrom nicht versiegt.

„Sagen die Hirtenmänner auch Danke, Mama?"

„Sie danken dem lieben Gott für das Jesusbaby und bitten, dass es ein großer, kräftiger Mann wird … ."

„Ist es dann stark?"

Mias Mutter lachte auf: „Du kleiner Naseweis. Jesus ist wie ein großer Bruder zu uns." Fragend blickte die Kleine ihre Mutti an: „Beschützt er mich dann?"

Zärtlich küsste die Mutter Mias Wange und sprach halb flüsternd: „Das tut er gewiss, und er hört uns zu, wenn wir beten …"

Befriedigt klappte ihr kleiner Liebling das Buch zu und rief voller Tatendrang: „Ein schönes Buch, Mama. Haben wir noch eins?"

Doch in diesem Moment öffnete sich die Tür und die Sprechstundenhilfe rief: „Frau Bernhard, bitte …"

Eilig packte die Mutter ihre Sachen zusammen, nahm die Kleine an die Hand und verließ den Raum, nicht ohne der älteren Dame freundlich zuzunicken. Die bekam feuchte Augen, schnäuzte sich und begegnete dann dem Blick eines anderen Patienten. „Das war schöner als manche Weihnachtsfeier, die ich erlebt habe", sagte sie mit belegter Stimme.

Ihr Gegenüber nickte zustimmend. Von den anderen Wartenden griff niemand mehr zum Handy. Dafür ließ sich auf den Gesichtern ein fast weihnachtlicher Glanz nieder: Ein Kind hatte ihnen Leben gebracht.

Rebecca Dernelle-Fischer

DER KLEINE JUNGE IN MIR

Darauf war ich nicht vorbereitet. Nicht auf seinen leeren Blick, nicht auf seine knochendünnen Arme, nicht auf diese kleine, schwache Gestalt, die in diesem riesigen Bett lag. Klar, ich wusste, dass die letzten Monate und die ganzen Einschränkungen nicht ohne Spuren an ihm vorbeigegangen waren. Aber darauf war ich nicht vorbereitet.

Nicht auf den Druck auf meiner Brust, der mir den Atem raubte, auf die Tränen, die in meinen Augen brannten. Nicht auf den Schrei, der sich in meiner Kehle staute. Und ganz sicher nicht auf den kleinen Jungen in mir, der einfach nur in die Arme seines Opas laufen wollte, sich an ihn schmiegen wollte, der sich so sehr nach der Sicherheit und dem Zuspruch von früher sehnte.

Darauf war ich nicht vorbereitet!

Und doch schlucke ich alles hinunter und hole mir einen Stuhl, um an Opas Bett zu sitzen. Zuerst küsse ich seine Stirn. Meine Stimme klingt kratzig, als ich endlich „Guten Tag, Opa!“ sagen kann.

Er schaut mir nicht mal in die Augen. Er ist da und doch gleichzeitig so weit weg. Kein fröhliches „Hallo, mein David!“ wie früher immer.

„Mama lässt dich ganz herzlich grüßen. Ich habe ein Stück von ihrem leckeren Stollen mitgebracht. Er ist ihr dieses Jahr wieder so gut gelungen. Aber iss nicht alles auf einmal! Du weißt doch, dass sie nicht am Rum spart. Sonst wirst du am Ende noch beschwipst!“

Ich lache ein bisschen. Er stöhnt.

Alzheimer hat ihm alles genommen, denke ich. Was für ein fieser Mieter, der so im Leben einzieht und lebenslange Erinnerungen und Fähigkeiten herzlos eines ums andere durchs Fenster hinauswirft.

Ich schaue mich um und lege den liebevoll verpackten Stollen auf den kleinen Nachttisch, neben die alte Bibel und das Gesangbuch, die da liegen. Ich denke: „Einmal Pfarrer, immer Pfarrer.“ Als meine Finger sanft über das gealterte Leder streichen, überfluten mich die Bilder, die damit verbunden sind. Opa im Talar, der seine Bibel festhält, von der Kanzel heruntersteigt und mir dabei ein Lächeln und ein Augenzwinkern zuwirft. Opa am Weihnachtsabend, der mich auf den Schoß nimmt und mich in seiner Bibel lesen lässt. Die Blätter waren schon so sehr abgenutzt, fast so dünn und durchsichtig wie heute seine Haut. Zerbrechlich.

Und da spüre ich sie wieder: die ganze Traurigkeit, die mich umfasst, wenn ich ihn im Bett ansehe. „Verloren in einem fremden Land“, denke ich, „mein Opa.“ Ich bin schon erwachsen, aber ich brauche ihn noch so sehr. Ich würde alles auf der Welt dafür geben, dass er noch einmal seine Hand auf meinen Kopf legt und leise einen Segen flüstert. Wie damals, als er noch ein Fels in der Brandung war und ich sein kleiner Pirat auf der Suche nach neuen Abenteuern.

Die Stille im Raum wirkt immer bedrückender. Ich schalte die kleinen Lichterketten an, die in Opas Blickfeld hängen.

„Advent, Advent, ein Lichtlein brennt", höre ich jemanden singen. Es ist Susanne, Mamas gute Freundin, die ihre Runde auf der Station macht. Eine schwungvolle kleine Frau. Opas Lieblingspflegerin, wie er immer gern betont hat. „Ach, diese junge Dame habe ich doch getauft."

Ich sehe, wie er sich bewegt und mit seinen tiefblauen Augen zu ihr aufschaut. „Ach, Herr Pfarrer."

Sie wird ihn – glaube ich – nie anders nennen. „Sie liegen ja ganz krumm, zu tief und zu schief. – David, komm! Hilf mir kurz! Wir werden deinen Opa mal aufrichten. Hopp, hopp, hopp! Ja, das ist gleich besser."

Während wir beide unter Opas Arme greifen, hat sie meinen Blick gesehen. Ich weiß, dass sie versteht, was gerade los ist. Sie nickt kurz und zeigt auf den alten Mann im großen Bett. Sie sagt: „Er ist noch da, Kleiner. Nicht immer ganz mit dem Kopf, aber mit seinem Herzen – ohne Zweifel! Sucht ihn noch, besucht ihn doch." Als sie den Raum verlässt, dreht sie sich noch einmal um und sagt mit ihrer fröhlichen Stimme: „Sing mit ihm, David! Du wirst staunen."

Ich nehme das Gesangbuch in die Hand.

Das erste Lied kenne ich gut. Mit unsicherer Stimme

fange ich an zu singen: „Macht hoch die Tür, die Tor macht weit! Es kommt der Herr der Herrlichkeit.“ Wie durch ein Wunder leuchtet Opas ganzes Gesicht. Er reckt den Hals, streckt den Rücken.

Seine Stimme füllt den Raum. Jedes Wort ist klar. Er singt. Wir singen. Zusammen. Bis ich nicht mehr kann. Die Tränen, die ich so lang zurückgehalten habe, fließen jetzt hemmungslos. Der Damm ist gebrochen. Ich verstecke mein Gesicht in Opas Decke. Ich spüre seinen Körper so nah und schluchze wie ein Kind. Ich höre ihn weitersingen: „Komm, o mein Heiland, Jesu Christ! Meins Herzens Tür dir offen ist.“

Das ganze Lied singt er kraftvoll und fröhlich bis zum Ende. Dann wirkt er wieder so müde. Mein Kopf liegt noch versteckt zwischen meinen Armen, und ich spüre, wie Opa seine Hand auf mich legt. Ich höre ihn leise sprechen: „Der Herr segne dich und behüte dich. Der Herr lasse sein Angesicht leuchten über dir und sei dir gnädig. Der Herr hebe sein Angesicht über dich und gebe dir Frieden.“

Eine Weile bewege ich mich nicht. Es ist alles so ruhig, sogar friedlich. Ja, wir sind definitiv nicht allein. Opa ist nicht allein! Er war es nie und wird es niemals sein.

Ja, die Demenz ist ein fieser Mieter und hat vieles hinausgeworfen – aber nicht alles.

Ich halte diese schöne alte Hand noch eine Weile in meiner eigenen. Dann streichle ich sein Gesicht: Jede tiefe Falte ist ein Gedicht, das von seinem Leben, der Sonne und den Stürmen erzählt. Ich küsse ihn auf die Stirn, stelle seine Bibel und sein Gesangbuch wieder auf den

Nachttisch, lege die Decke wieder zurecht und verlasse den Raum auf Zehenspitzen.

Im Flur kommt mir Susanne entgegen. „Und? Darauf warst du nicht vorbereitet, oder?“

Ich lache, weil es doch so wundersam schön war. Und wie einen unendlichen Ohrwurm höre ich im Kopf Opas Stimme singen:

„O wohl dem Land, o wohl der Stadt,
So diesen König bei sich hat.
Wohl allen Herzen insgemein,
Da dieser König ziehet ein.
Er ist die rechte Freudensonn,
Bringt mit sich lauter Freud und Wonn.
Gelobet sei mein Gott,
Mein Tröster früh und spat.“

Kirchenlied: „Macht hoch die Tür“, Text: Georg Weissel 1623, Melodie: Halle 1704

Christoph Zehendner

Rettung am Weihnachtsabend

Darauf war Tim nicht vorbereitet. Eine Absage. Per Post. Auf edlem Briefpapier. In freundlichen Worten. Aber eben: eine Absage. Heute Morgen vom Briefträger persönlich vorbeigebracht. Mit lächelnden Feiertagsgrüßen. Tim hat den Brief zunächst beiseitegelegt. Erst als es draußen zu dämmern begann, hat er sich daran erinnert. Und jetzt diese unwillkommene Überraschung erlebt.

Noch einmal fliegt er über die schwarz-weißen Zeilen. Doch es steht weiter schwarz auf weiß vor ihm: Das Projekt ist gestoppt. Der Kunde hat kalte Füße bekommen. Das bekloppte Virus hat alles über den Haufen geworfen. Eigentlich verständlich. Aber Tim hatte bis zuletzt verzweifelt gehofft, dass er seine Ideen in die Tat umsetzen könnte. Weil er das Honorar für dieses Projekt so dringend gebraucht hätte.

Seine Texte und auch sein Design-Vorschlag hatten den Kunden restlos überzeugt. Sogar einen Vorschuss hatte Tim aushandeln können. Der hatte ihn vor der drohenden Insolvenz seiner Einmannagentur bewahrt. Aber nun fordert sein Konto ganz dringend Nachschub. Und weil alle anderen Projekte abgeschlossen, abgesagt oder einfach geplatzt sind, ruhten Tims Hoffnung auf diesem Auftrag.

Mist.

Ausgerechnet am 24. Dezember. Ausgerechnet am Tag der Festivität, die sentimentale Zeitgenossen als „Heiligen Abend“ bezeichnen.

Tims Handy spielt eine Melodie. Einen originellen Klingelton: „Joy“, die gemeinsame Hymne von Mick Jagger und Bono Vox. Joy. Na super, genau das, was er jetzt brauchen kann.

Er greift zum Handy. Meldet sich knapp: „Großmann.“ Einen Wimpernschlag später verfinstert sich Tims Gesicht. Schroff unterbricht er den Anrufer: „Hier ist nicht die Telefonseelsorge. Die haben eine 3 am Ende der Nummer. Eine 3, keine 8. Schauen Sie gefälligst richtig hin. Auf Nimmerwiederhören!“ Paff. Tim legt auf. Pfeffert sein Telefon Richtung Sofaecke.

„Was für ein bescheuertes Jahr“, murmelt er vor sich hin. „Erst zieht Linda aus. Dann kippe ich um wegen des kaputten Magens. Und jetzt die Pleite. Ausgerechnet heute.“

Zu Weihnachten hat Tim ein ähnliches Nicht-Verhältnis wie zu Ostern, Ramadan oder Oktoberfest. Aber gelegentlich erinnert er sich doch im Stillen gerne: an wunderschöne Abende mit der Familie unterm Weihnachtsbaum. An stimmungsvolle Lieder und überraschende Geschenke.

An eine besondere Atmosphäre und eine besondere Botschaft.

Tim lächelt: „Euch ist heute der Heiland geboren!" Das war der wichtigste Satz, den er als Kind damals in einem Krippenspiel laut vortragen musste. Einen der Weihnachtsengel hatte Tim gemimt. In weißen Klamotten. Mit aufgeklebten Flügelchen. Wie kitschig! Und wie peinlich, dass außer ihm nur Mädchen einen Engel spielen wollten. Weil die mit ihren hellen Piepsstimmen die große Kirche nicht recht füllen konnten, musste Engel Tim die Weihnachtsbotschaft rufen, ja fast schreien: *„KEINE ANGST. ICH VERKÜNDE EUCH GROSSE FREUDE. EUCH IST HEUTE DER HEILAND GEBOREN"*

Tim schüttelt unwillig den Kopf, als er sich an diese Sätze erinnert. Keine Angst? Große Freude? Einer, der Zerbrochenes heil macht? Na super. Die Message aus Kindertagen wirkt heute, als wolle sich jemand über ihn lustig machen. Gerade will er so richtig losschimpfen, da klingelt sein Handy erneut.

Die Richtung, aus der die Melodiefetzen an sein Ohr dringen, ist eindeutig. Aber in dem Gebirge aus Kissen, Bettzeug und ungewaschenen Handtüchern wühlt Tim erst vergebens. Das Telefon spielt beharrlich: „Joy", „Joy" und nochmals „Joy". Tim pfeift erst mit. Verliert dann die Geduld. Zetert. Endlich hat er Erfolg. Erleichtert zieht er das Telefon unter einem riesigen Duschhandtuch hervor.

„Großmann." Tim klingt genervt.

Am Telefon eine junge Frau. Hörbar außer sich.

Aufgelöst. Vermutlich angetrunken, rätselt Tim. So überrumpelt ist er, dass er sie nicht unterbricht. Die Frau schluchzt, schnieft, sprudelt dabei wie ein Wasserfall: „Sie sind meine letzte Hoffnung. Ich stehe hier auf der Löwen-Brücke. Gut, dass ich Sie erreicht habe. Bitte, legen Sie nicht auf. Ich kann nicht mehr. Ich glaube, ich springe jetzt am besten ..."

Tim will den Redeschwall abwürgen: „Hier ist nicht die Telefonseelsorge ..."

Die Frau reagiert überhaupt nicht. Sie sprudelt weiter: „Es muss doch irgendeinen Grund dafür geben, weiterzuleben. Geben Sie mir einen Grund, einen einzigen nur. Irgendetwas, woran ich mich festhalten kann, sonst ..."

Tim ist auf einmal unglaublich wach. Ja, er könnte jetzt einfach auflegen. Oder die Frau anschreien und ihr klarmachen, dass sie sich verwählt hat. Er könnte sich raushalten. So tun, als ginge ihn dieser Anruf nichts an. Probleme hat er schließlich selbst genug.

All das könnte er. Doch Tim ahnt: Dann springt sie. Irgendwo. In irgendeinen Fluss. In irgendein dunkles Nichts. Und niemand könnte ihr helfen.

Tim weiß selbst nicht, was er tut. Er atmet tief durch. Dann mimt er noch einmal den Weihnachtsengel, den er vor ein, zwei, drei Jahrzehnten so überzeugend verkörpert hatte: „*KEINE ANGST*. Ich verkünde euch große Freude. *EUCH* ist heute der Heiland geboren!"

Schweigen am Ende der Leitung. Die Frau schluchzt leise. Dann lacht sie kurz auf. Hell, laut, unbeschwert. Wie nur Kinder lachen können.

Sie stammelt ein Dankeschön. Fängt an, von früher zu

erzählen. Vom Kindergottesdienst. Von der Aufführung des Krippenspiels. Vom Baby in der Krippe. Tim hört ihr zu. Bemerkt, wie sich ihre Stimmung wandelt. Von tiefster Verzweiflung in kindliche Freude.

Er bemerkt: Während sie weiterplappert, nähern sich im Hintergrund Schritte. Dann nimmt Tim auch Stimmen wahr. Wohlwollende Stimmen. Er hört mehrere Frauen und einen Mann, die die junge Frau freundlich ansprechen. Er registriert, dass sie jetzt nicht mehr allein ist. Jemand hat sie gesehen. Und verstanden, was sie vorhatte.

Egal wer da gerade bei ihr ist – die junge Frau ist nicht mehr alleine auf der Brücke. Sie ist in Sicherheit. Jedenfalls für jetzt, jedenfalls für heute.

Die paar Minuten des Telefongesprächs haben ausgereicht, um ihr eine neue Chance zu ermöglichen. Leben. Zukunft.

Tim ist erleichtert. Er schrickt zusammen, als sich die Frau noch einmal an ihn wendet. Langsam und sehr betont wiederholt sie die Worte des Engels: „Ja. Keine Angst. Euch ist der Heiland geboren. Heute.“ Dann legt sie auf.

Albrecht Gralle

WEIHNACHTSMAHL

Darauf war er nicht vorbereitet gewesen. Damit rechnet man als Tisch einfach nicht, wenn man bisher in einer Art hölzerner Ruhe existiert hat. Jedenfalls waren ihm über Nacht unter der Tischplatte Ohren gewachsen und an den Rändern mehrere Augen. Schöne große hölzerne Ohren und braune Augen, die aber auf dem Holz kaum auffielen.

Seine hölzerne Ruhe war dahin, denn jetzt, mit seinen beiden Ohren, drangen plötzlich menschliche Worte in sein einsames Leben und da der Tisch eine empfindsame Seele hatte, konnte er die Worte sogar verstehen, obwohl er nicht alles begriff, was gesagt wurde. Neue Gedanken und Bilder stürmten auf ihn ein, die er nun verarbeiten musste. Das meiste drehte sich um das Essen. Er verstand, dass er dazu gemacht worden war, damit Menschen an ihm essen und trinken konnten.

Aber wozu mussten Menschen essen und trinken? Das begriff er nicht. Er selbst aß ja auch nichts und ging nicht zugrunde.

Das Essen wurde von den Menschen, die bei ihm saßen, gelobt oder kritisiert, sie prosteten sich zu. Einmal war jemand krank geworden und hatte direkt neben einem Tischbein das halb verdorbene Essen wieder ausgespuckt.

Ob die Menschen deshalb essen mussten, weil sie sich bewegten und redeten und Energie verbrauchten? Möglich wäre das. Zumindest wuchsen sie oder wurden dicker, je länger sie aßen und je mehr sie aßen.

„Ich selbst verändere mich kaum“, überlegte der Tisch, „außer, wenn jemand mich anzieht und mir ein Tischtuch über den Kopf wirft.“

An einem Abend im Dezember spürte der Tisch, dass etwas Besonderes in der Luft lag. In letzter Zeit waren wenig Gäste in das Haus gekommen, und wenn, dann trugen sie nur weiße Masken, die sie dann mit der Zeit ablegten, aber jetzt hörte er Geräusche aus der Küche. Es dauerte viel länger als sonst.

„Ein größeres Essen wird vorbereitet“, überlegte der Tisch.

Jemand kam und warf ein Stück Stoff über seine Platte. Es wurde dunkel, nur an einer Seite zwängte sich Licht hindurch, und er konnte immerhin etwas sehen, zum Beispiel einen Baum, der an diesem Tag gebracht worden war und nun geschmückt in einer Ecke stand.

Ein Baum, dachte er, das ist doch ... und ihm wurde mit einem Mal bewusst, dass das sein Ursprung war. Vor langer Zeit war er auch einmal ein Baum gewesen, bis man ihn gefällt, seinen Stamm zu Brettern zersägt hatte und daraus seine Platte und die Beine entstanden waren.

Aber damals hatte er Schmerzen und Freude noch nicht so intensiv erlebt wie heute.

Es klingelte, und drei weitere Menschen kamen herein, legten ihre Masken ab und begrüßten sich verhalten, auch ein Kind war dabei.

Man setzte sich.

Der Tisch wartete, dass die Speisen aufgetragen wurden. Aber nichts passierte.

Stattdessen las jemand aus einem dicken Buch eine Geschichte vor. Der Tisch spitzte die Ohren. Da war von einer schwangeren Frau die Rede, die mit ihrem Mann unterwegs war und keinen Platz zum Übernachten fand.

„Ja“, dachte er Tisch, „das hat man davon, wenn man zwei bewegliche Beine hat und keinen festen Standort.“

Schließlich landete das Ehepaar in einem Stall, wo das Kind dann auch zur Welt kam. Ein Junge. Es musste aber ein besonderes Kind gewesen sein, denn es hieß, dass durch ihn ein neuer Friede auf die Erde gekommen sei.

Und plötzlich passierte etwas Seltsames. Ohne dass die Tür aufgegangen war, traten andere Menschen in den Raum, die aber von innen leuchteten, als hätten sie Lampen in ihrem Bauch. Sie schienen von niemandem bemerkt zu werden. Und das wirklich Unheimliche geschah, als sie gelegentlich durch den Tisch hindurchgingen, als sei er Nebel. Diese Leuchtstoffmenschen hatten einen so festen Körper, dass der Tisch sich wie Luft vorkam, und gleichzeitig wurden sie von niemandem gesehen, denn keiner sprach die Lichtmenschen an oder drehte sich nach ihnen um. Keiner rief: „He! Du bist gerade durch den Tisch gegangen."

Dem Tisch kam es so vor, dass die leuchtenden Menschen für die Gäste unsichtbar waren. Sie behandelten sie jedenfalls wie Luft. Aber es schien ihnen nichts auszumachen. Sie gingen von einem zum anderen, während die Speisen weitergereicht wurden, legten manchen die Hände auf den Kopf, sprachen etwas und hörten zu, was bei den Menschen aus dem Inneren kam.

Und man sah, wie manche anfingen, von innen her zu leuchten.

Ach, dachte der Tisch, es wäre doch schön, wenn die Lichtmenschen mich auch einmal so berühren würden.

Kaum hatte der Tisch das gedacht, da blieb einer der Leuchtenden stehen und legte seine beiden Hände auf das Tischtuch und sprach: „Du, Tisch, sei gesegnet, und Gott schenke dir Kraft zum Dienen und Tragen."

Während der leuchtende Mensch das sagte, spürte der Tisch eine Welle von Licht durch sich hindurchströmen, die seine Holzfasern beben ließ und ihn erfrischte. Und der Tisch freute sich, dass er diesen Menschen einen Raum schenkte, wo sie sich hinsetzen konnten, und er hoffte, dass er noch lange lebte, um anderen zu dienen.

„Man wird hier beschenkt", dachte der Tisch, „ohne dass man etwas dafür getan hätte. Ich stehe ja nur so da und tue nichts. Auf meinem Kopf wird etwas abgestellt und wieder abgeräumt. Mehr ist es ja nicht, wozu ich da bin."

Aber das scheint den meisten auszureichen.

Und der Tisch wurde ein kleines bisschen glücklich, dass er ein Tisch war, und in diesem Augenblick hätte er sich nichts anderes gewünscht, als nur ein Tisch zu sein.

Mathias Jeschke

GUNDULA

Damit hatte er nicht gerechnet, dass ihm der Typ das Messer an die Kehle setzen würde.

Aber fangen wir am Anfang an. Weihnachten stand vor der Tür. Der Parkplatz vor dem Supermarkt war noch leer, nur der Astra seiner Kollegin Doro stand auf seinem Platz.

Die Beleuchtung um die Eingangstür glitzerte bereits und auch die Weihnachtsmusik dudelte schon. Doro war gerade dabei, die Blumenkübel im Eingangsbereich zu arrangieren. Eben hatte sie die Rosen weiter Richtung Tür geschoben. Sie richtete sich auf, lachte ihn an: „Morgen! Alles klar mit Gundula?"

„Morgen!", antwortete er.

Er war mit Doro am Abend zuvor in der Trattoria „Da Schnetti" gewesen. Und das mit „Gundula" war der Dauerbrenner in ihren Gesprächen, denn er war ständig unglücklich verliebt. Oder verzweifelt, wenn er nicht verliebt war. Doro war die, der er davon erzählen konnte. Sonst niemandem. Sie hatte Verständnis, nahm sich Zeit.

Als sie gestern mit der Pizza fertig waren, bemerkte er eine Frau am Tresen. Saß plötzlich da, hatte ein Glas Aperol Spritz vor sich stehen. War zünftig angezogen. Wanderstiefel, olivfarbene Cargohose, ein weißes Hemd mit Spaghettiträgern, ein kleines goldenes Kreuz um den Hals. Ihm gefielen ihre braunen Locken, die bis knapp auf die Schultern reichten.

„Achtung, Gundula-Alarm!“, flüsterte er Doro zu.

Gundula war der Deckname für alle infrage kommenden Frauen. Dann lief es wie üblich. Doro hatte ihm gut zugeredet und war gegangen. Er war sitzen geblieben, hatte seinen Stuhl zurechtgerückt, sodass er freien Blick auf den Tresen hatte. Fummelte an der Plastik-Weihnachtsdeko herum.

Die Frau schien kein Interesse an ihrer Umgebung zu haben. Sie las in einer Zeitschrift. Wenn sie den Kopf bewegte, sah er ihr Gesicht im Profil. Sie hatte eine hübsche kleine Nase. Und vielleicht Sommersprossen. Er hatte sich immer eine Frau mit Sommersprossen gewünscht.

Ob er es wagen sollte, zu ihr zu gehen? Sie anzusprechen, auf einen Drink einzuladen? Aber was sollte er sagen? „Hallo, ich bin etwas zu dick, tut mir leid. Aber ich bin ein echt netter Kerl. Wenn du dir vorstellen könntest, von meinem Äußeren abzusehen, würdest du merken, dass meine inneren Werte es in sich haben …“

Er blickte zu ihr hinüber. „Naja, vielleicht können wir uns auch über meinen Job unterhalten“, probierte er weiter. „Ich arbeite in einem Supermarkt. Bin gerade in Kurzarbeit, kümmere mich um die Einhaltung der

Hygienebestimmungen. Das macht echt Spaß … äh, und was machst du so?"

Ihm war schon klar, dass das so nichts werden würde. Da bemerkte er, dass die Frau beim Kellner zahlte. Sie steckte das Portemonnaie in die Oberschenkeltasche ihrer Hose. Stand auf. Legte die Zeitschrift auf einen Stapel am Ende des Tresens. Ging zur Tür. Und war verschwunden.

Als er Doro in der Frühstückspause hinten in dem kleinen Kabuff davon erzählte, war sie voller Mitgefühl. „Pass auf", sagte sie, „das war nicht die letzte Gelegenheit. Irgendwann wird es sich genau richtig anfühlen für dich. Da bin ich mir sicher!"

Er lächelte zweifelnd zurück. War irgendwie dankbar dafür, dass zumindest Doro ihn nicht aufgab.

Später stand er vor dem Supermarkt. Achtete darauf, dass jeder Kunde eine Maske trug und einen Einkaufswagen nahm. Und dass sie den Sicherheitsabstand einhielten.

Vorne an der Schranke, der Einfahrt zum Parkplatz, röhrte es. Er sah es gleich, ein Mustang, blaumetallic. So einen hätte er auch gern! Etwas zu schnell fuhr der Wagen auf den Parkplatz, bog in eine freie Lücke ein, bremste scharf. Es stieg einer von diesen Typen aus, wie er sie aus dem Club kannte. Die ihn immer anmachten. Er sah weg.

Und dann sah er sie. Sie kam von der Straße her direkt auf ihn zu. Die Cargohose und die Wanderstiefel trug sie noch immer. Jetzt aber eine offene Regenjacke über einem Rollkragenpullover. Auf der rechten

Schulter einen Rucksack. Sie kam immer näher. Er wusste nicht, wohin mit sich. Lächelte verlegen. Trat ein wenig zurück. Fragte sich, ob er eine Bemerkung machen sollte.

Da war sie schon an ihm vorbei und hatte sich hinten in die Schlange eingereiht. Drei Markierungen hinter dem Mustangtypen. Beide hatten keinen Wagen genommen.

Er musste seinen Job machen: „Ich bitte alle Kunden, sich einen Einkaufswagen zu nehmen und sich eine Schutzmaske aufzusetzen."

Sie ging hinüber zum Unterstand mit den Wagen, steckte eine Münze in den Schlitz und rollte das Ding an ihren Platz in der Schlange. Dann zog sie ein Tuch aus der Regenjacke, das sie sich um Mund und Nase band. Sie sah verwegen aus, eine Piratin. Das gefiel ihm.

Der Typ mit dem Mustang bewegte sich nicht. Wartete weiter in der Schlange.

Er ließ einen nach dem anderen in den Markt. Bis die Reihe an den Typen kam. Der hatte zwar einen Mustang. Aber keinen Einkaufswagen. Und keine Maske. „Ich muss Sie bitten, sich einen Einkaufswagen zu nehmen und sich einen Mundschutz aufzusetzen!", sagte er so bestimmt, wie es ihm möglich war.

„Gar nichts muss ich, Alter! Ihr mit eurem Maskentheater in eurer Scheißdiktatur", blaffte der Typ ihn an. „Ich werde mir von euch nicht meine Freiheit nehmen lassen! Lass mich einfach rein, Mann!"

„Nein, es tut mir leid. Sie brauchen einen Wagen und

eine Maske!“ Er versuchte, so standhaft zu wirken wie irgend möglich.

Dann sah er, wie der Typ ein Springmesser aus seiner Jeansjacke zog. Die Klinge blitzte auf und ragte ihm entgegen. Und schon spürte er die Spitze an der Kehle. Er erschrak. Und überlegte: „Was soll ich sagen? Entschuldigung, aber ich bin nur ein einfacher Supermarktangestellter. Ich habe keine Nahkampfausbildung. Auch bin ich tatsächlich nicht der Beweglichste …“

Da hatte die Frau aus der Trattoria den Typen mit der Linken schon am Handgelenk gepackt und ihm mit der Rechten das Messer aus der Hand gewunden. Sie hatte ihn überrascht. Und jetzt sprach sie: „Fürchtet euch nicht! Siehe, ich verkündige euch große Freude, denn euch ist heute der Heiland geboren, welcher ist Christus, der Herr. Ehre sei Gott in der Höhe und Friede bei den Menschen seines Wohlgefallens.“ Als befänden sie sich alle in einem großen Krippenspiel.

Der Typ war offensichtlich beeindruckt, denn er blickte sie stumm und staunend an. Dann hielt er ihr die Hand hin und sie gab ihm das Messer wieder. Er stapfte zurück zu seinem Mustang. Der röhrte auf und raste mit quietschenden Reifen davon.

„Zum Glück ist die Ausfahrtschranke immer offen, sonst hätte er sie bestimmt durchbrochen“, sagte er zu der Frau und lächelte verlegen. „Er hat vermutlich sowieso keine Maske dabeigehabt.“

Sie lächelte zurück und reihte sich wieder in die Schlange ein.

Als sie an der Reihe war, hatte er bereits eine große

rote Rose aus dem Eimer am Eingang gefischt, reichte sie ihr und sagte mit fester Stimme: „Ich danke Ihnen, schöner Engel in der Not!“

Und sie hatte tatsächlich Sommersprossen.

Uwe Heimowski

DAS MEER IN DER MUSCHEL

Darauf war er nicht vorbereitet. Er hatte doch nur ihre Frage beantwortet.

„Papa, wie passt das Meer eigentlich in die Muschel, es ist doch viel zu groß?“ Anna sah Martin neugierig an.

Vater und Tochter waren dem vorweihnachtlichen Zuhause entflohen, wo jeder Quadratzentimeter Erinnerungen atmete. An der Küste hatte Martin eine kleine Ferienwohnung gemietet. Anna liebte das Meer. Gleich am ersten Vormittag hatten sie dem bissigen Dezemberwetter getrotzt. Dick eingepackt gingen sie am Strand spazieren. Sie suchten nach schönen Steinen und Muscheln.

Später in der Wohnung sichteten sie ihre Schätze. Anna hatte ein Prachtexemplar entdeckt, eine beinahe faustgroße Muschel. Martin wog sie in seiner Hand, hielt sich einen Zeigefinger auf die Lippen und drückte die Muschel sanft an Annas Ohr.

„Pssst ... Sei mal ganz still. Du kannst das Meer hören. Es rauscht in der Muschel.“

Anna lauschte angestrengt, und hüpfte vor Begeisterung,

als sie das Rauschen vernahm. Sie legte die Muschel für den Rest des Tages nicht mehr aus der Hand, immer wieder hielt sie sie an ihr Ohr und lauschte dem Meeresrauschen.

Jetzt, beim Abendessen, hatte Anna die Muschel neben den Teller auf den Tisch gelegt. Mit großen Augen sah die Neunjährige ihren Vater an und wartete auf eine Erklärung.

„Wie kommt das Meer in die Muschel. Gute Frage." Martin holte tief Luft. „Mach mal bitte die Augen zu, und versuch, dir vorzustellen, was ich erzähle. Wir gehen zum Meer, streifen unsere Stiefel von den Füßen und gehen barfuß über den Strand. Der Sand ist ganz fein und rieselt durch unsere Zehen. Langsam wird er fester und etwas feucht. Wind bläst vom Wasser und du kannst ihn auf deiner Haut spüren. Deine Füße werden nass. Meerwasser spritzt deine Beine hinauf. Du leckst über deine Lippen und sie schmecken nach Salz. Möwen kreischen über deinem Kopf. Das Rauschen der Wellen wird lauter, sie lecken an deinen Beinen. Das Wasser reicht dir bis zu den Knien. Du breitest deine Arme aus und rennst in die Wellen."

Unbewusst erhob Anna ihre Arme über den Tisch und breitete sie aus, ihre Augen hatte sie weiter geschlossen.

„Und jetzt springst du hinein."

„Kaaaaalt!" Anna machte einen kleinen Satz auf ihrem Stuhl. „Das war schön." Sie machte eine kleine Pause. „Aber Papa, du wolltest mir doch erzählen, wie das Meer in die Muschel kommt."

„Nun sei doch nicht so ungeduldig. Hast du das Meer gesehen, als ich erzählt habe?"

„Ja – es war toll."

„Dabei ist das Meer ja gar nicht hier. Es passt ja gar nicht in unsere Küche. Trotzdem hast du es gespürt. Du hast das Meer und die Möwen, den Wind und das Salz gesehen. Sie sind immer noch draußen, und sie sind auch in deinem Kopf. Du kannst dich an sie erinnern."

Anna nickte zustimmend, wandte dann aber ein: „Aber das Meeresrauschen in der Muschel kann ich wirklich hören."

„Schau mal", Martin nahm Annas Hand. „Hier siehst du deine Adern. Darin fließt dein Blut. Das hören wir normalerweise nicht. Aber wenn du deine Hand wie eine Muschel formst, dann hörst du ein leises Rauschen."

Er führte die kleine Hand an Annas Ohr und sah sie gespannt an.

„Hörst du was?"

„Ein bisschen."

„Dann nimm jetzt die Muschel in die Hand, und lausche noch mal."

Sie griff nach der Muschel und drückte sie fest an ihr Ohr. „Jetzt ist es lauter", rief sie begeistert. Doch schnell verzogen sich ihre Mundwinkel, Enttäuschung stand ihr im Gesicht. „Dann ist das Meer ja gar nicht in der Muschel."

Martin sah ihr direkt in die Augen. „Doch, natürlich ist das Meer in der Muschel. Wenn du das Rauschen hörst, dann kannst du alles wieder sehen: den Strand, das Wasser, alles."

Anna strahlte ihn an.

Abends brachte Martin Anna ins Bett. Sie lasen eine

Geschichte, beteten miteinander, und es gab einen Gutenachtkuss. Martin wollte gerade das Licht ausmachen, da sprach Anna ihn noch einmal an.

„Papa, das mit Mama ist doch auch so wie das mit dem Meer in der Muschel, oder?"

Martin spürte einen Stich. Eigentlich hatte dieser Urlaub Anna und ihn auf andere Gedanken bringen sollen. „Wie meinst du das?", fragte er behutsam und setzte sich zu Anna aufs Bett.

„Na, du weißt doch, bei der Beerdigung hat der Pastor gesagt, dass Mama jetzt bei Gott ist. Mama ist nicht hier. Aber wenn ich meine Augen zumache, kann ich sie spüren. Mein Herz wird dann ganz warm und dann sehe ich Mama. Ich stelle mir vor, wie wir zusammen den Baum schmücken und Weihnachtslieder singen."

Martin blinzelte eine Träne weg und streichelte Anna über den Kopf.

„Papa, wenn ich traurig werde, weil ich Mama so vermisse, dann weiß ich jetzt, was ich mache."

Sie zog die Muschel unter ihrem Kopfkissen hervor, hielt sie Martin hin und strahlte ihn an. „Jetzt habe ich doch die Muschel. Wenn ich sie nehme, kann ich das Meer hören. Weil ich ja weiß, dass wir am Meer waren. Und genauso kann ich an Mama denken, weil ich weiß, dass sie bei uns war und dass sie jetzt bei Gott ist – und dass ich sie in meinem Herz spüren kann."

Anna gähnte und drehte sich zur Seite.

„Gute Nacht, Papa."

„Gute Nacht, Anna."

Andreas Malessa

ES IST ZUM VERRÜCKTWERDEN

Darauf war sie nicht vorbereitet. Sie hatte gehofft, nicht verrückt zu werden. Es war dann aber offenbar doch passiert. Vorletzte Woche. Warum sonst säße sie jetzt in diesem kargen Klinikzimmer?

Rezepte lesen, Listen schreiben, Wohnung putzen, mit allen Eingeladenen whatsappen. Betten beziehen, Großeinkauf machen, Vorräte verstauen, mit allen Kommenden chatten. Festessen vorkochen. Reste einfrieren, Tischdecken bügeln, mit allen Nichtkommenden simsen. Blumen kaufen, Kleidung rauslegen, Deko drapieren, mit allen Dochnochkommenden telefonieren.

Dann der erste Adventssamstag: Geschenke, Getränke, Gedränge.

Die Verlobung ihres Sohnes mit einem Mädchen, das sie nicht mochte. Das laute Gejauchze der jungen Gäste, das sie stresste. Der achtzigste Geburtstag ihrer Mutter, deren Demenz sie nervte. Die knarzigen Sonderwünsche der hochbetagten Gäste, die sie ärgerten.

Zwei Anlässe, ein großes Familienfest. Sechzehn Leute am Tisch.

Alles an einem einzigen Wochenende. Auftakt der Weihnachtszeit.

Iris hantiert im Haushalt immer sehr effizient, meist irre schnell, dann hektisch und am Ende konfus. Montagfrüh plötzlich Schüttelfrost, übermäßiges Schwitzen, grundlose Heulanfälle, zitternde Hände.

„Du hast ja nicht mehr alle Tassen im Schrank …“, hatte Leo geschrien, als sie Essensreste und Kompost in den Schirmständer im Flur kippte, „oder gar keinen Schrank mehr!“, als sie ihr Brillenetui in die Spülmaschine räumte.

Der Backofen hatte die ganze Nacht geheizt, auf zweihundert Grad. Sie war in Tränen ausgebrochen. Ihr Mann hatte den Hausarzt angerufen. Iris schaut durchs Fenster die Reihe der grauen Pappeln entlang, die sich im böigen Dezemberwind schütteln. Nieselregen, Graupelschauer.

Hoffentlich hilft die Reha überhaupt, hier in der psychosomatischen Klinik.

Hoffentlich komme ich vor Weihnachten raus. Hoffentlich lassen die Männer zu Hause nicht alles verwahrlosen. Hoffentlich sind Leo und ich Heiligabend mal zu zweit.

„Du kannst noch froh sein“, hatte ihre künftige Schwiegertochter geflötet, „dass du so schnell einen Klinikplatz bekommen hast! Andere Leute mit Burn-out-Kollaps …“ Aber das ist so, als wenn man dem Mann vom Sägewerk mit den drei amputierten Fingern sagt, es gäbe Menschen ganz ohne Hände.

Sie steht auf, sucht ihr Handy in den Taschen des Mantels am Wandhaken. Als sie sich wieder hinsetzt, sind die Pappeln draußen irgendwie unscharf. Wiegen sie sich näher vor dem Fenster im Wind? Rauschen sie jetzt lauter als vorhin? Iris atmet schneller.

Sitze ich in einem Zugabteil, das schwebend vorwärtsgleitet? Bewegt sich mein Zimmer?! Ich hoffe, nicht plemplem zu werden. Ich hoffe, es ist kein Gehirntumor, der auf den Sehnerv drückt.

Hoffnung ist eigentlich nur eine positiv umgedrehte Befürchtung, oder?

Kann man sich Hoffnung machen? Das dauernde Machen hat mich doch erst hierhergebracht! Leo hat mich oft gewarnt, mir allerlei geraten: den Laden mal zuzumachen, den Leuten weniger zuzusagen, die Dinge lässiger zusehen.

Aber hinterher haben's alle vorher schon gewusst.

Sie startet Java Scrabble auf ihrem Smartphone und spielt das Wortfindungs-Wettspiel. Online. Hoffentlich tickt ihr Sprachzentrum im Hirn noch richtig.

Zu...lässig. Zu...verlässig. Zu...sage.

Wenn sie jetzt aus dem Fenster sieht und die Augen zusammenkneift, haben die Pappeln Beulen! Zu...sätzlich zu ihrer normalen Biegung im Wind?

Der Schneeregen muss stärker geworden sein. Alle Konturen da draußen verschwimmen. Hoffentlich ist das nur eine medikamentös bedingte Sehstörung.

Zu...mutung. Ver...mutung. Ver...trauen.

Alle wollen mir Mut machen, ich soll Hoffnung haben, Leo will zu Weihnachten nichts haben, aber weniger machen. Ich will den Reha-Ärzten und vor allem Leo Vertrauen schenken. Mal sehen. Auf Sicht fahren.

Zu...versicht...lich.

Wieder kneift Iris die Augen zusammen. Vor der Pappelreihe da hinten ist jetzt ein Längsstreifen zu sehen. Kein Regen, eher wie ein Knick in der Optik. Bekloppt, wie ich die Dinge sehe.

Draußen dämmert der Winterabend. Iris knipst das Licht an – die Deckenlampe spiegelt sich im Display und überblendet die Buchstaben des Spiels – und schaltet es wieder aus. Am schwarzen Viereck des Fensters sind plötzlich Knirschgeräusche zu hören. Irgendwas knistert da, schabt und raschelt!

Iris bekommt Schweißperlen auf der Stirn, Feuchtigkeit unter den Achseln. Lieber Gott, lass mich nicht verrückt werden!

Sie wirft das Handy ins Dunkel auf ihr Bett, da klopft es an der Zimmertür.

Panik! Iris springt auf, stößt den Stuhl um, tastet nach dem Mantel an der Wand.

„Hallo? Alles in Ordnung?" Die vertraute Stimme der Therapeutin ruft ihren Nachnamen. Sie reißt sich zusammen: Tief durchatmen, Iris! Licht an, Tür aufmachen, Guten Abend sagen. Los jetzt.

„Mögen Sie zum Abendessen runterkommen?"

„Äh, ja, natürlich, danke."

Im hell erleuchteten Flur hängt an der Wand ein gerahmter frommer Spruch. Irgendwas mit Hoffnung in Nöten und Gebet und so, bemerkt sie im Vorbeigehen.

Jetzt wäre die Gelegenheit, mal außerhalb der Gruppensitzung die Ärztin was zu fragen.

„Glauben Sie, ich bin bis Heiligabend wieder draußen?"

„Wir sind eine Klinik, kein Knast. Aber bei Ihnen bin ich da ganz zuversichtlich. Wegen des schlechten Wetters kommen die Verputzer und die Maler erst nächste Woche. Unsere verwitterte Außenfassade, wissen Sie. Muss dringend gemacht werden."

Was? Hä? Iris hört nur mit halbem Ohr zu und folgt ihr treppab.

„Aber die Fenster haben sie wenigstens schon mal abgeklebt. Die Schutzfolie ist durchsichtig genug, hoffe ich? Fällt genug Tageslicht in Ihr Zimmer? Können Sie rausgucken?"

Eine Schutzfolie vor dem Fenster?! Eine banale Normalität kann richtig beruhigend Hoffnung machen, staunt Iris.

Brigitte Rath

DER KLEINE ESEL

„Darauf war ich nicht vorbereitet“, murmelte der kleine graue Esel erschüttert vor sich hin.

Er stand im Dunkeln neben dem Ochsen, der normalerweise das ganze Jahr mit ihm zusammen in der Abstellkammer der Kirche verbrachte. Jedes Jahr an Heiligabend hatten sie ihren ganz großen Auftritt. Da wurden sie hervorgeholt. Im Altarraum wurde eine Krippe mit einer Puppe, Pardon, dem Jesuskind, aufgebaut, Maria und Josef saßen links und rechts daneben. Da waren Schafe, da waren Hirten, Könige und ein hell strahlender Stern. Und auch der kleine Esel hatte zusammen mit dem Ochsen einen festen Platz ganz vorne in der Kirche. Er war mächtig stolz darüber und freute sich das ganze Jahr darauf.

Jetzt war es wieder so weit. Er hatte schon die halbe Nacht nicht geschlafen, so aufgeregt war er. Den Ochsen störte das alles nicht, den konnte so leicht nichts erschüttern. Aber der Esel war schon ganz zappelig.

Die Tür öffnete sich, Küster Heinz griff nach ihm und

gleich, gleich würde das Eselchen seinen Heiligabend-Stammplatz bekommen. Gleich, aber ... halt, halt, hier müsste er doch stehen. Hier hatte er immer gestanden, schon seit Jahrzehnten. Aber der Küster ging weiter, durch die Kirchentür, auf den Vorplatz ins Freie. Nein, hier war es doch viel zu dunkel. Hier war es kalt. Hier wollte der Esel absolut nicht hin. Was fiel Küster Heinz eigentlich ein? Der stellte ihn da einfach ab und ging wieder in die Kirche.

Und siehe da, den Ochsen ereilte das gleiche Schicksal. Da standen sie nun beide im Dunkeln, es war kalt, sie froren. Nein, darauf waren sie nun gar nicht vorbereitet gewesen.

„Weißt du, was das hier soll?“, brummte der Ochse.

„Nein, absolut nicht. Und ich find das auch gar nicht lustig. Heute ist Heiligabend. Der schönste Tag im ganzen Jahr. Unser großer Auftritt. Ich will mit dabei sein. Und jetzt stehen wir hier blöd im Dunkeln herum“, jammerte der Esel.

„Reg dich doch nicht so auf“, der Ochse blieb ganz gelassen, „wart es doch erst mal ab. Vielleicht holt uns Heinz ja wieder in die Kirche.“

„Das glaubst du doch selbst nicht. Der trägt uns doch nicht erst raus und holt uns dann wieder rein. Vielleicht wollen sie uns überhaupt nicht mehr haben. Vielleicht verarbeiten sie uns ja zu Brennholz.“ Der Esel war nahe dran loszuheulen.

„Ach, du musst ja immer so schwarzsehen. Wer weiß, für was das alles gut sein soll“, versuchte der Ochse zu beruhigen.

„Für was das alles gut sein soll. Für was das alles gut sein soll?!“ Der Esel war wütend und ängstlich zugleich. „Ist dir gar nicht aufgefallen, dass das ganze Jahr schon so merkwürdig war?“

„Merkwürdig?“

„Ja. Hast du denn nicht mitgekriegt, dass eine ganze Zeit lang sonntags überhaupt keine Leute in die Kirche kamen? Nur manchmal war der Pfarrer da und ein, zwei Menschen mit Kameras. Der Pfarrer hat zwar gepredigt, aber in den Bänken saß kein Mensch.“

„Jetzt, wo du es sagst. Komisch, oder?“, wunderte sich nun auch der Ochse.

„Ja, und als dann wieder mal ein paar Menschen sonntags da waren, haben sie sich überall in der Kirche hingesetzt, nur nicht nebeneinander. Sogar in der ersten Reihe saß jemand. Und dann hatten die auch alle so eine merkwürdige Binde vorm Mund.“

„Stimmt. Und gesungen haben die auch nicht, egal, wie viel Strophen der Organist gespielt hat.“ Das war dem Ochsen auch aufgefallen.

„Siehst du, ich hab doch gesagt, da stimmt irgendetwas nicht. Und dann heute, hast du gesehen, ob in der Kirche überhaupt ein Weihnachtsbaum stand? Letztes Jahr war um diese Zeit doch schon alles geschmückt. Und jetzt? Gar nichts. Und wir stehen hier in der Kälte herum. Wenn ich darauf vorbereitet gewesen wäre, hätte ich mir wenigstens einen Schal mitgenommen.“ Der Esel schüttelte sich vor Kälte.

„Guck mal.“ Der Ochse zeigte auf die Kirchentür. Da kam Küster Heinz wieder und hatte die Krippe unterm

Arm. „Jetzt schmeißen sie die Krippe auch noch aus der Kirche. Das wird aber ein ganz sonderbares Weihnachtsfest werden."

„Und da, da kommen auch Josef und Maria. Und die Hirten. Und die Schafe. Und guck mal, die Könige haben sie auch rausgeworfen. Aber wo ist denn der Stern?", fragte der Esel.

Küster Heinz hatte inzwischen alle Figuren vor der Kirche aufgestellt, und auch Ochse und Esel bekamen nun einen Platz an der Krippe.

Plötzlich wurde es hell um sie herum. Der Küster hatte die Außenbeleuchtung eingeschaltet. Und da war er auch, der Stern. Strahlend hing er über der Kirchentür. Jetzt erkannten der kleine Esel und der Ochse, dass sich immer mehr Menschen auf dem Platz vor der Kirche sammelten. Sie standen nur in kleinen Grüppchen zusammen. Nicht zu viele auf einmal. Wohl nur einzelne Familien. Und sie hatten auch alle wieder diese komischen Stoffmasken im Gesicht, die dem Esel schon öfter aufgefallen waren.

„Was meinst du, was das jetzt hier soll?", wisperte der Esel.

„Keine Ahnung." Der Ochse versuchte zu flüstern. „Aber ich glaube jetzt nicht mehr, dass sie uns zu Brennholz verarbeiten werden. Ich habe das Gefühl, das wird heute Abend hier was ganz Besonderes."

„Das glaub ich jetzt auch." Der Esel war plötzlich ganz aufgeregt. „Ich denke, wir sollten heute Abend wirklich unseren besten Auftritt hinlegen. So etwas wie heute gibt es bestimmt nicht an jedem Heiligen Abend."

„Und frierst du noch?“, erkundigte sich der Ochse.

„Frieren? Ich bin so neugierig, was passiert. Da denk ich nicht mehr ans Frieren. Guck mal, da kommt der Pfarrer. Und der hat eine große Kerze in der Hand.“

„Ja, und die Leute haben auch alle Kerzen. Du, das ist viel eindrücklicher als in der Kirche.“

„Ich bin schon ganz gespannt ... so, und jetzt sei still. Der Pfarrer will etwas sagen.“

„Dieses Jahr war so ein ganz anderes Jahr, als wir uns das letztes Jahr hätten vorstellen können. Das Coronavirus hat uns voll im Griff, und deshalb feiern wir unseren Gottesdienst auch heute im Freien, mit Abstand, mit Masken.

Aber die Weihnachtsbotschaft ist immer noch dieselbe: Gott kam als Kind zur Welt. Und deshalb lese ich euch jetzt die Weihnachtsgeschichte nach Lukas 2 vor:

Es begab sich aber, dass ein Gebot vom Kaiser Augustus ausging ...“

Ergriffen hörten der Esel und der Ochse der Weihnachtsgeschichte und der Auslegung zu. Ganz zum Schluss sagte der Pfarrer noch:

„Heute hatten wir einen ganz besonderen Gottesdienst, den wir so schnell nicht vergessen werden. Maria und Josef, das Kind in der Krippe und selbst Esel und Ochse haben ihre angestammten Weihnachtsplätze verlassen und sind hier mitten unter uns. Und nun lasst uns fröhlich und hoffnungsfroh Weihnachten feiern.“

Der Esel freute sich: „Hast du gehört? Hast du gehört? Er hat sich gefreut, dass wir dabei gewesen sind.“

„Ja, wir waren nicht darauf vorbereitet, dass der

Gottesdienst an Heiligabend so abläuft. Aber er wird mir unvergessen bleiben." Da war sich der Ochse ganz sicher. Und der Esel nickte still.

Das Lukasevangelium

DIE GEBURT JESU

In jener Zeit erließ Kaiser Augustus den Befehl an alle Bewohner seines Weltreichs, sich in Steuerlisten eintragen zu lassen. Es war das erste Mal, dass solch eine Erhebung durchgeführt wurde; damals war Quirinius Gouverneur von Syrien. So ging jeder in die Stadt, aus der er stammte, um sich dort eintragen zu lassen.

Auch Josef machte sich auf den Weg. Er gehörte zum Haus und zur Nachkommenschaft Davids und begab sich deshalb von seinem Wohnort Nazareth in Galiläa hinauf nach Betlehem in Judäa, der Stadt Davids, um sich dort zusammen mit Maria, seiner Verlobten, eintragen zu lassen. Maria war schwanger.

Während sie nun in Betlehem waren, kam für Maria die Zeit der Entbindung. Sie brachte ihr erstes Kind, einen Sohn, zur Welt, wickelte ihn in Windeln und legte ihn in eine Futterkrippe; denn sie hatten keinen Platz in der Unterkunft bekommen.

In der Umgebung von Betlehem waren Hirten, die mit ihrer Herde draußen auf dem Feld lebten. Als sie in jener

Nacht bei ihren Tieren Wache hielten, stand auf einmal ein Engel des Herrn vor ihnen, und die Herrlichkeit des Herrn umgab sie mit ihrem Glanz.

Sie erschraken sehr, aber der Engel sagte zu ihnen: „Ihr braucht euch nicht zu fürchten! Ich bringe euch eine gute Nachricht, über die im ganzen Volk große Freude herrschen wird. Heute ist euch in der Stadt Davids ein Retter geboren worden; es ist der Messias, der Herr. An folgendem Zeichen werdet ihr das Kind erkennen: Es ist in Windeln gewickelt und liegt in einer Futterkrippe."

Mit einem Mal waren bei dem Engel große Scharen des himmlischen Heeres; sie priesen Gott und riefen: „Ehre und Herrlichkeit Gott in der Höhe, und Frieden auf der Erde für die Menschen, auf denen sein Wohlgefallen ruht."

Daraufhin kehrten die Engel in den Himmel zurück.

Da sagten die Hirten zueinander: „Kommt, wir gehen nach Betlehem! Wir wollen sehen, was dort geschehen ist und was der Herr uns verkünden ließ."

Sie machten sich auf den Weg, so schnell sie konnten, und fanden Maria und Josef und bei ihnen das Kind, das in der Futterkrippe lag. Nachdem sie es gesehen hatten, erzählten sie überall, was ihnen über dieses Kind gesagt worden war. Und alle, mit denen die Hirten sprachen, staunten über das, was ihnen da berichtet wurde.

Maria aber prägte sich alle diese Dinge ein und dachte immer wieder darüber nach. Die Hirten kehrten zu ihrer Herde zurück. Sie rühmten und priesen Gott für alles, was sie gehört und gesehen hatten; es war alles so gewesen, wie der Engel es ihnen gesagt hatte.

Acht Tage später, als die Zeit gekommen war, das Kind zu beschneiden, gab man ihm den Namen Jesus – den Namen, den der Engel genannt hatte, noch bevor Maria das Kind empfing.

ANMERKUNGEN

Plattdeutsche Übertragung des Psalm 23 von Pastor i. R. Peter Wittenburg: „Der Herr ist mein Steuermann. Ich werde nicht in Seenot geraten. Er leitet mich durch Wind und Wetter."

Die Weihnachtsgeschichte: Bibeltext der Neuen Genfer Übersetzung – Neues Testament und Psalmen

Petra Hahn-Lütjen (Hrsg.)

24+2 Weihnachts*Licht*Geschichten

144 Seiten, gebunden
ISBN Buch 978-3-7655-0767-0
ISBN Hörbuch 978-3-7655-8720-7
Auch als Download und bei allen gängigen Streamingdiensten verfügbar

Dieses wunderschön gestaltete Buch umfasst 24+2 kurze „Glanz-Geschichten“ für die Winter- und Weihnachtszeit von exzellenten Autorinnen und Autoren.

Die Geschichten sind fein und unaufdringlich, voller Helligkeit und Hoffnung und mit viel Humor erzählt. Eine Mischung von stark nachgefragten Geschichten-Perlen, ergänzt mit neuen Highlights. Die Erzählungen sind verfasst von so wunderbaren Autorinnen und Autoren wie Johannes Warth, Willi Näf, Schwester Teresa Zukic, Susanne Ospelkaus, Titus Reinmuth und Ursula Schröder.

„26 Glanz- und Hoffnungs-Lichter, diese kleinen, in sich abgeschlossenen kurzen Geschichten – sie bringen das Licht von Weihnachten auf wirklich wunderbare Weise zu den Leuten!“ (Leserstimme)

BRUNNEN VERLAG GIESSEN
www.brunnen-verlag.de